寻迹西口

刘春子 ◎ 编著

内蒙古人民出版社

图书在版编目（CIP）数据

寻迹西口 / 刘春子编著 . -- 呼和浩特：内蒙古人民出版社，2025.2. --（讲好内蒙古故事口袋书系列）.
ISBN 978-7-204-18413-2

Ⅰ . I247.81

中国国家版本馆 CIP 数据核字第 2025XL7591 号

寻迹西口
XUNJI XIKOU

作　　者	刘春子
策划编辑	王　静
责任编辑	王　曼
封面设计	琥珀视觉
出版发行	内蒙古人民出版社
地　　址	呼和浩特市新城区中山东路 8 号波士名人国际 B 座 5 楼
网　　址	http://www.impph.cn
印　　刷	内蒙古金艺佳印刷包装有限公司
开　　本	880mm×1230mm　1/32
印　　张	4
字　　数	62 千
版　　次	2025 年 2 月第 1 版
印　　次	2025 年 2 月第 1 次印刷
书　　号	ISBN 978-7-204-18413-2
定　　价	68.00 元

如出现印装质量问题，请与我社联系。联系电话：（0471）3946120

前言

一

自古以来，各具特色、丰富繁荣一直是我国多民族国家文化发展的鲜明特点，各民族在文化上的交流融合也是推动国家不断进步的重要动力之一。一般来说，促进民族文化交流和融合的主体有政府和老百姓。在中国历史上，很多王朝通过联姻、赠送礼物或土地、改变生活习俗等方式，促进汉族与周边民族融合，这些是政府行为的主要体现。普通百姓通过民间自发的行为促进民族交流融合，这种行为是和平的，也是源远流长的，是不同民族间从未间断过的文化交流方式，其作用虽然比不上政府行为那样有力、影响那样巨大，但它犹如小溪流水，虽然缓慢却总有汇入大海的那一伟大瞬间。山西、陕西、河北等地的人们为了生存而进行的漫长的走西口旅程，就属于这一类。据考证，走西口现象大约从明代中期开始，到清朝末年走西口的人数最多。

历史上的走西口，是指长城以内的山西、陕西、河北等地区的贫苦农民和商人到内蒙古呼和浩特、包头及包头以西地区去谋生的社会活动，又叫"走口外""走场子"或"跑口外"。"口"是指边塞上的关口。"西口"是相对"东口"而言的。东口是河北张家口往东一带的关口。出东口通往内蒙古东部，出西口通往内蒙古中西部。"西口外"基本上是指今天的内蒙古中西部地区。在明代，为了军事上的需要，政府修筑了一条长城，从宁夏花马池，经陕北三边、榆林、府谷，到山西紧贴黄河的河曲、偏关等地，衔接河北张家口，最后上了燕山山脉。在张家口以西的长城上或长城附近设有很多关口，口里的人要到西口外，均需经过这些关口。因此，从广义上说，在山西西北、陕西北部的明长城或长城附近所设的关口，都可称为西口。狭义上的西口，是指在明长城上最有名、位置最重要、最有代表性的关口——杀虎口。杀虎口位于现在山西右玉县城西北方向，坐落在古长城脚下，是山西与内蒙古两省区三县交界处。在清代，山西人是走西口的主力军，杀虎口不仅是山西境内最早的一个关市，而且是唯一的常关。古人称，东有张家口，西有杀虎口。因而人们常把杀虎口称为西口。

清初，由于清政府采用蒙汉分治的民族隔离政策，使得内地百姓出口垦荒较为困难。一些雁行人即便冲破禁令到达口外，也大多不会定居下来。后来，清政府对走西口的行为采取默许态度，鼓励了移民行为，蒙古王公也在清政府的默许下大规模招民垦种。越来越多的口内贫民加入走西口行列，走西口最终呈滚滚洪流之势，不可阻挡。

内蒙古地区原有的游牧文化和内地的农耕文化的交流，是历史发展的必然结果，而季节性移民为两种文化的交流创造了新的契机。在走西口的过程中,汉族居民北上,将以儒学为核心的中原文明带到了内蒙古地区,并和当地游牧文化交融一体。走西口使汉蒙人民长期共同生产、共同实践,从而促进了文化习俗的互相同化。如在饮食方面,蒙古族人原来只有奶制品和肉类食品,但随着时间的推移,谷子、小麦、玉米等也成了他们常见的食物,如作为茶点用的炒米就是农产品,他们吃的酸菜和醋是地地道道的山西风味。而汉族人煮砖茶时加盐,喝茶时泡炒米,吃大块牛羊肉,喝大碗烧酒,则完全是受蒙古族人的习俗影响。在语言方面,有些汉语词被直接引入蒙古语之中,如"油糕""包子""扁食""灯"等,而"二人台""漫瀚调"成了西口文化的重要组成部分。在戏剧方面,随着移民的影响,汉族的戏曲文化对蒙古族产生了很大的影响,内蒙古地区的晋剧、二人台、大秧歌就与山西移民有关。大秧歌源于山西繁峙、朔县、广灵。晋剧为中路梆子,但唱腔又多含北路梆腔,实际上中路、北路梆子原为一种,仅流派稍别。民谣称:"学戏在忻、代二州,红火在东西两口,吃肥在水淹包头,临死在宁武、朔州。"这充分反映出晋蒙戏曲文化之间的紧密关系。

当时的内蒙古中西部成了不同时代、不同层面、不同族群之间经济文化碰撞和交融的载体。这种碰撞和交融成为"西口文化"

产生和演进的一种动力。人口的流动,带动了文化的传播,而文化的传播,又拉近了地区间的距离,增强了人们的认同感。走西口这一移民浪潮,极大促进了内蒙古中西部地区与其他省份的交流,进一步增进了民族感情,对我国多民族国家的繁荣稳定产生了一定的积极影响。

目录
CONTENTS

西口
002

在路上
022

口外的艰难岁月
032

走口外的人
010

黄河开渠第一人
050

农牧和合 百业兴旺
058

"风搅雪"中的汉蒙融合
090

复盛公与包头
078

一个大盛魁 半座归化城
066

口外的家与生活
100

结语 / 112

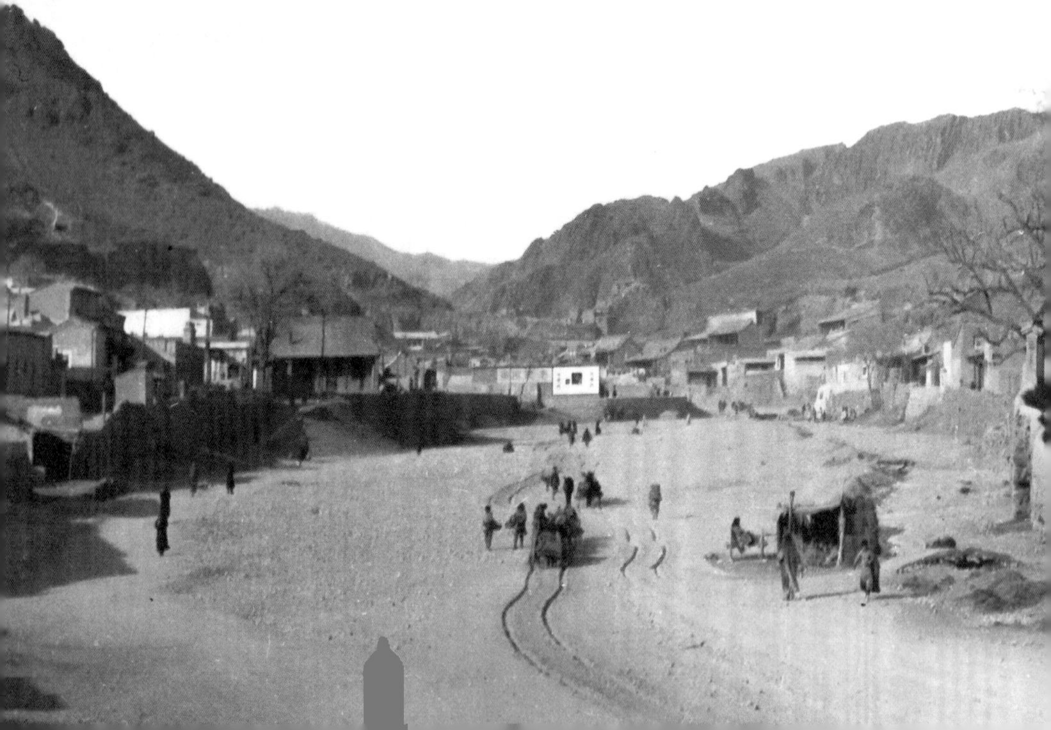

冬天的市镇

西口

"杀虎口,杀虎口,没有钱财难过口,不是丢钱财,就是刀砍头,过了虎口心还抖。"在走西口的路途中,杀虎口是一个最关键的要塞。走西口的人要想去内蒙古谋生,必须经过杀虎口出关。

杀虎口地处晋蒙交界处,是雁北外长城最重要的关隘之一。明清时期,杀虎口是中原地区去往内外蒙古、新疆的必经之路,也是去往俄罗斯的必经之路,有"扼三关而控五原"之称,自古以来一直是兵家驻防重地,至今大同至呼和浩特的公路仍经由此地。杀虎口在春秋至隋朝时,称为"参合陉、参合口",唐朝名为白狼关,宋朝叫牙狼关,明朝时称"杀胡口"。到清朝,康熙皇帝西征平定噶尔丹后,经杀胡口凯旋,为了调和北疆各族矛盾,消弭对立隔阂,便将"胡"改为"虎",之后这里便一直称为杀虎口。

在杀虎口的东侧,长城由塘子山向高处攀升,连接北面的雷劈山,沿山岭由东向西迂回过来,半月形的围墙将杀虎堡围在了中间。在杀虎口的西侧,长城依大堡山蜿蜒而去,消失在崇山峻岭中。杀虎口城关是在明嘉靖二十三年(1544年)土筑,万历二年(1574年)砖包,城周1000米,高11.7米。城关以十字街为界,东面叫东关,西面叫中关,这中间多是商铺和庙宇。离杀虎口关城百米之处有两座连体城堡,即杀虎堡和平集

塞外风光

堡，从名字上即可看出汉蒙化干戈为玉帛，由战争走向和平的转化。两座古堡分别是明清不同时期所建，两堡之间筑城墙连接，这种"连堡"的形式，在长城屯堡中不常见。

杀虎口作为军事要塞，狼烟常燃，战火不断，特别在明朝，明朝军队与蒙古军队多次在此激烈交战。在明嘉靖三十六年（1557年），这里曾发生过一场大战，明朝守军在左右无援的情况下，孤军奋战，坚守右玉城，这场大战使明朝政府重新重视起杀虎口来。这场战争起因于"桃松寨事件"。桃松寨是

背井离乡的老人

俺答汗之子辛爱的妾，她与辛爱部下头目相好，被发现后慌忙投奔明朝。当时的大同总督杨顺，为请功邀赏，欲将其送往京城。辛爱为此率部进攻杀虎口，包围右玉城。在蒙古军队多次强攻下，右玉城军民浴血奋战，守将在作战中阵亡，赋闲在家的武将尚表，自愿担任了右玉城保卫战的总指挥。在异常困难的情况下，他不仅打退了敌方进攻，而且多次抓住有利战机，偷袭敌营。在形势万分危急之时，明朝政府派兵部尚书杨博亲率大军来解右玉之围。蒙古军见右玉城实难攻

民居

下，且援军将至，便解除了对右玉城的包围，从杀虎口撤出。这场战争之后，明朝政府重新加固修缮了右玉城及杀虎口长城，并增加了守备兵额，极大地提高了杀虎口的防御能力。明嘉靖年间，俺答汗多次遣使要求明朝政府开放边境贸易。明朝政府不仅没有答应，而且关闭了所有贸易关口。俺答汗以武力威胁，绕过明朝的边防重镇，从古北口悄无声息地兵临北京城下，明朝政府被迫开放宣府、大同等地与蒙古部进行贸易。

到明朝中后期，在俺答汗的强烈要求以及朝中有识之士的促使下，在隆庆四年（1570年）明朝政府与俺答汗议和，开始"明蒙互市"。后古堡逐渐由兵堡转变成商贸重镇，清朝时达到了极盛时期。当时杀虎口堡城内有商店、旅店，采购、加工、贩运的店铺作坊等，可谓是商贾云集。各种衙署、庙宇、学堂、牌楼遍布堡内外，宫观寺庙共有50多座，其繁华远近闻名，曾有"小北京"之称。

从清顺治七年（1650年）开始，杀虎口设立税务机构户部抽分署，后改称"钦差督理杀虎口税务监督署"，驻中关西门口一带，负责山西天镇新平堡至陕西神木一线的边口各种税收。税收项目大致有烟酒盐茶税、米面油糖税、荤腥腌腊海菜香料税、干鲜果品税、冠履靴袜棉毛丝麻税、皮毛骨角税、器物税、铜铁锡税、牲畜木植等10余个项目。一般年份至少可收三十五六万两白银，上交户部大概有13万两之多，所以杀虎口税关有"日进斗金斗银"之称。除了口外的贡品和回口里的灵柩不打税外，口外回口里的姑娘孝敬爹娘的新鞋也要纳税，只有驾辕的骡马出入不纳税，据传是皇上怜惜驾辕牲口劳苦，特予免税。

在古杀虎堡右侧有一条毫不起眼的小道，它是走西口的必经之路，是一条鹅卵石铺就的小道，现保存完好的约有一公里长，宽不足3米，路边已是荒草丛生。明末清初，长期的战乱使得各地田地荒芜，不走只有死，走还可能活，穿越杀虎口到口外谋生成为人们一种无奈的选择。成群的人们背井离乡，冒禁私越长城，走出西口，去往广阔的内蒙古中西部

口外风光

地区觅食求生。在进入这条小路前,先要经过一座小桥,因为人们都祈盼"走出西口,通通顺顺",所以给小桥取名"通顺桥"。通顺桥是在清代所建,小桥灵巧隽秀,是西口古道的起点,走西口的人一过了桥就表示已离开故土,将远走他乡。据说那些背井离乡的人们走到这里总是一步三回头,举目长叹息,最后狠狠心跺一跺脚,含泪而别,因此小石桥上至今留有走西口人跺脚的深深印痕。

走口外的人

"天下的黄河向东流，什的人留下个走西口？"首先，他们是不甘心饿死在家里土炕上的穷人。1893年，在内蒙古进行实地考察的俄国人波兹德涅耶夫，接触到大量来自其他省份的移民。他说："最先来自中原地区的这种移民或者是贫穷苦命的人，或者是无依无靠而又不守本分、希冀闯江湖发横财的光棍，此外还有在本乡本土不能立足，有亲戚不能投靠，甚至于不见容于家庭的十足的无赖。"根据研究，走西口的人，既有来自晋中的贸易商贩（其中有一部分是巨商大贾，但大多数是提篮小贩），也有准备去口外开垦土地的人，还有一些为逃避兵役和

草原落日

官司的社会闲杂人员。一般来说，走西口的人，开始是春去秋回的"雁行人"，主要是些揽长打短的青壮年男子，后来逐渐发展为携家带口永久性地到口外定居。成功到达口外的人，要么成为草地生意的链条之一，当店伙计或挖煤、拉骆驼、做小本生意等；要么垦荒或租地耕作；再就是成为铁匠、木匠、

寻迹西口

皮匠

结队走西口

皮匠、柳匠、首饰匠、毡匠、画匠等小手工业者，以一门手艺养家糊口。

在民歌里也有类似的追问，"跨越边塞而来的异乡人，究竟是从哪里来？他们为什么要来到这片苍茫而富饶的土地？他们最后又去了哪里？"

资料显示，走西口的人主要集中在陕西神木以及榆林的府谷、横山、靖边、定边等地，山西的河曲、保德、偏关、平鲁、左云、右玉、山阴等地。来自山西走西口的人，一般是通过杀虎口先进入内蒙古和林格尔县和清水河县，然后再到包头等地，走得更远的人还有去鄂尔多斯达拉特旗、准格尔旗

远行的人

远行的人

以及河套平原和大青山以北地区的；来自陕西等地的人，一般出长城北上进入鄂尔多斯和河套平原。移民队伍里还有一批人是来自甘肃和宁夏地区的，他们一般从宁夏渡过黄河进入内蒙古。

那么，这些地方的人为什么要走西口？

一是恶劣的生存环境迫使农民不得不靠迁徙来谋求生存。从清代中期开始，中国人口迅猛增长，所需要的耕地和粮食不断增加，这给多是黄土地又沟壑纵横的黄土高原造成了极大的压力，很多地方已经是"田尽而地，地尽而山"，无土不垦，无山不翻，即使这样依然有很多人无田可耕，人均耕地持有量一直在下降。地价也在飞涨，人地比例失调，地少人多的矛盾十分尖锐。陕西、山西两地是典型的黄土高原地区，沟壑纵横，植被少，土壤贫瘠，降雨量不足，90%以上土地为丘陵和山地，水土流失相当严重。农民辛勤一年，粮食仍不能自给自足。而且这些地区自然灾害严重且频繁。有民歌唱道："河曲保德州，十年九不收，遇上一年收，又把蛋蛋（冰雹）

丢。"恶劣的自然条件，对没有抵御自然灾害能力的农民来说，无异于是一种灭顶之灾。为了摆脱饥荒，他们只能另觅生路，而走西口就成了最佳选择。

二是日益严重的土地兼并加速了农民的贫困化。除了自然环境恶劣之外，造成农民贫困还有一个重要的社会原因——土地兼并。这一现象在这块贫瘠的土地上更为严重。无地少地，自然就少衣无食，不得不接受地主、高利贷者的剥削，这更加速了他们的贫困化乃至破产的过程。同时，随着人口的快速增长，一个家庭里孩子多了，可土地数量并没有增加，导致家里"僧多粥少"，于是出现了一种现象，即兄长们守家业，小兄弟们则另找出路。

三是内蒙古的自然环境为走西口的人提供了良好的谋生环境。与山西及陕西一水之隔的内蒙古中西部地区，地广人稀，土地肥沃，资源丰富，但交通闭塞，既是官府管理鞭长莫及的地区，也是处在开发期急需劳动力的地区。这种宽松的社会环境与广阔的土地资源，吸引

远行的人

来了大批劳动者。再加上善良、敦厚、好客的蒙古族人民不事农业，将广阔的土地租给了汉人耕种，让走西口的人有了生产、打工的市场。在这里，付出同等的劳动比口里的收益可以高出数倍。

四是清政府迫于中原地区地狭人稠民不聊生的现实，逐步放开限制移民活动的禁令。清兵入关后，将蒙古各部视作同盟，为了隔绝蒙古各部和汉人的联系，清政府封禁蒙古各部，禁止汉人私自越关，在长城北侧划了一条南北宽50里、东西长2000里的禁地。禁地内不准耕地放牧，且政府每年烧荒，因此禁地内的土壤富含腐殖质而呈黑色，所以也被称为"黑界地"。清朝乾隆十四年（1749年），乾隆帝谕示蒙古王公："蒙古旧俗，择水草地游牧，以孳牲畜，非若内地民人，依赖种地。""特派大臣，将蒙古典民人地亩查明，分别年限赎回，徐令民人归赴原处，盖怜惜蒙古使复旧业。"后来进一步禁止其

走西口的青年

他省份百姓进入蒙古地区,"不准多垦一亩,增居一户"。清政府不允许蒙古各部接触任何汉文化。蒙古王公、台吉等不准请中原汉族人教授汉文或担任书吏,违者治罪。在处理蒙古事务准则《蒙古则例》中制定了隔离蒙汉民族接触的"边禁"政策。禁止汉人越过长城到蒙古地区,更禁止蒙古各部民众到中原地区。对"有私行来内地者,查出即行发还,蒙古买内地民人出边者,永行禁止"。清顺治七年(1650年),清政府在杀虎口设税关,次年"设监督一员,经收课税"。

此后，又在归化城设分关，沿长城内外河曲、包头、托克托、阳高和天镇等处设税收分局、支卡，专门负责征收东自天镇、西至陕西神木一带的关税。同时规定，"商人运载货物，例需直赴杀虎口输税，不许绕避别口私走。"清顺治年间，曾允许少量晋陕冀百姓去蒙古地区垦荒，但必须春去秋回，不可在口外定居，亦不准携带亲属，因此有一批春种秋归的"雁行者"。清康熙年间，朝廷允许"招募内地人合伙种地"，在原勘定的"黑界地"内，划出20—30里宽的"白界地"作为垦殖界线，允许招募汉人耕种。历史上称这一事件为"开边"，从某种意义上说，这才是走西口的"序章"。不过出于政治考虑，清政府对走西口的民众仍有限制，而且设立了相当严格的盘查关卡，所以在这段时间，走西口的人大多是季节性出边。此后，移民大潮愈演愈烈。到了清雍正时期，朝廷实行"借地养民"政策，允许灾民前往口外蒙古地区开垦谋生。到乾隆年间，再次重申

"如有贫民出口者,门上不必阻拦,即刻出发",于是,不少"雁行客"逐渐定居口外。嘉庆年间,走西口进入高潮,汉人在口外地区已经占据相当大的比例。到19世纪末,清政府对蒙古地区实行全面放垦政策,此时"出口垦荒者,动辄以千万计",从此,走西口再也不受阻止和干涉了,及至民国时期,走西口的规模达到了前所未有的高峰。

清朝时的走西口移民数量相当庞大。以归化厅为例,雍正初年,散居土默特的就有2000多家,归化城外另有500多个汉人村庄。至嘉庆年间,归化六厅大约有三四十万人。光绪末年,归化诸厅汉人已经超过100万。如果加上没有入籍的雁行人、流动商贩,以及远赴新疆、辽东的人口,走西口移民的规模十分可观。清朝灭亡后,国民政府继续推行放垦政策,前往内蒙古地区的谋生者有增无减。中华人民共和国成立初期,仍有不少走西口的人,但走西口移民潮已近尾声。

在路上

"哥哥你走西口,小妹妹我实在难留。紧紧地牵住哥哥的手,送哥送到大门口。正月里你娶了奴,二月你就走了西口。难解难离难分手,哥哥你扭头就走。"

一首《走西口》民歌,道尽了当时背井离乡谋生的人们内心的辛酸。走西口的路程异常艰辛,遥远又充满艰险,沿路恶劣的自然环境、严重的匪患都威胁着走西口人的生命安全。但是,还是有一批又一批的年轻人告别妹妹、告别家人,踏上西行的路,去寻找生存的机会。

口里的人去口外,所走的路线也很多。从大的走向来说可分为3条,即西线,陕北线；中线，晋西北线；东线，雁北线。细分的话，大概有8条路线。花马池线。花马池即今宁夏盐池，本地人出走口外，向北越过万里长城，顺着黄河东岸到达陶乐，在黄河向北流经的冲积平原上垦荒，或向东进入鄂尔多斯。神府线。陕西榆林的横山、靖边、府谷以及神木一带的人走西口，须北出长城，进入鄂尔多斯。若到包头或后套，则须穿高原、跨黄河。河保线。即山西河曲与保德两地的人走西口，在河曲西门外的黄河古渡口上船，渡过黄河后，进入十里长滩，之后北上，或在鄂尔多斯定居，或再渡黄河继续北上，到达包头、后套等地。偏右线。

穿越沙漠

即山西偏关、平鲁、右玉、左云等地的人走西口的路线。这一带人北上经过杀虎口，北出蛮汗山到达内蒙古的清水河、和林格尔、凉城、托克托县等地，继而北上过大青山到达武川、固阳等地落脚。雁门关线。山西忻县、定襄、宁武、崞县、代县等地的人走西

从宁夏去往内蒙古的渡船

渡口

口，北上雁门关，有大道可通行。一般经商者多经此路，有驿站可通邮，系兵家必争之地。大同线。从山西大同北出，经过内蒙古丰镇，进入察哈尔草原，人们多在丰镇、卓资山、商都、集宁等地落脚。马市口线。河北怀安、阳原和山西天镇、桑干河南岸等地的人走口外，均北上马市口，穿过长城抵达内蒙古兴和，继而到达察哈尔右翼前旗、察哈尔右翼中旗、察哈尔右翼后旗及河北尚义等地。张家口线。这是走西口的最东线，过大镜门，继而北出坝上，抵达察哈尔草原，

寻迹西口

在今河北张北、尚义、康保以及内蒙古锡林郭勒和赤峰等地落脚。但走西口的路线不可能仅此8条，正所谓"条条道路通罗马"。

走西口唯一的方式是步行。有一首民歌唱道："头一天住古城，走了四十里整，虽然那个路不远，我跨了它三个省。第二天住纳林，碰了个蒙古人，说了两句蒙古话，啥也没弄懂。第三天乌

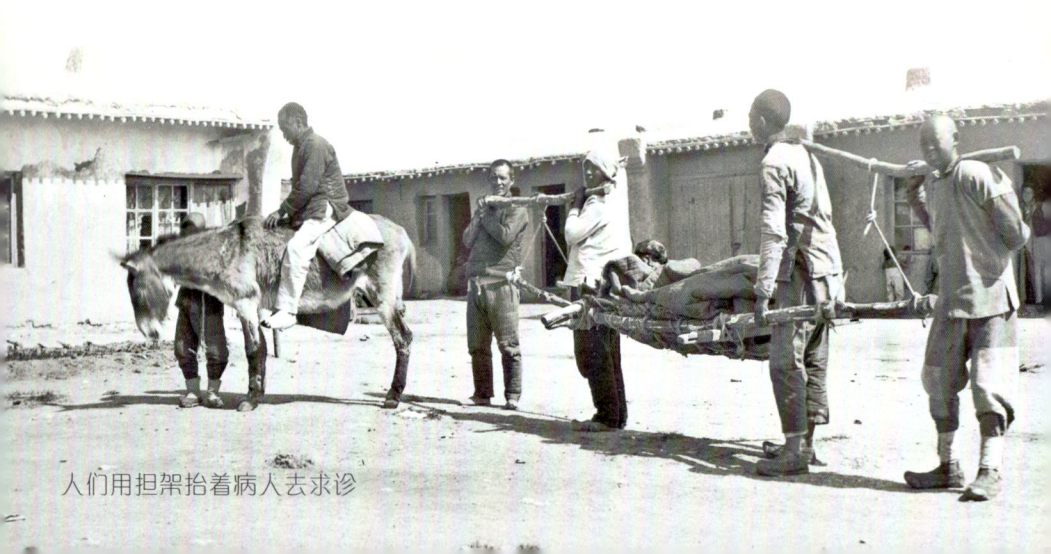

人们用担架抬着病人去求诊

手提肩扛走西口

拉素,要了些烂破布,坐在那个房檐下补了补烂单裤。第四天翻坝梁,我两眼泪汪汪,想起那小妹妹,想起了我的娘。第五天沙蒿塔,拣了个烂瓜钵,拿起来啃了两口打凉又解乏。第六天珊瑚湾,我碰了个鞑老板,说了两句蒙古话,吃了两个酸酪酐。第七天那到了长牙店,我住店没店钱,叫一声长牙嫂子你可怜一可怜。"这首民谣说的就是山西河曲人走西口的情景，虽然它没有过多的感情铺垫，但却把走西口的路线记述得十分真实、清楚，字里行间充满了走西口人的艰辛与无奈。河曲的走口外者，从城关或梁家碛渡口过河后，经内蒙古马栅、陕西府谷，然后进入鄂尔多斯的纳林陶亥、马场壕，到达包头，稍作休整，再分散到各地去。这一段路，"快五（天）慢六（天）"。在这段旅程中，进入库布其沙漠最令人毛骨悚然。大漠荒凉，本无所谓路，只能瞅着零星的骆驼粪，凭着感觉与经验在沙包和蒿草中探索前进。一旦迷路，就有倒毙的危险，人们将其视为"鬼门关"，有的人索性先给自己烧了"离门纸"，再踏上这段路程。

走西口的行装极为简单：扁担一条，一头担着简单的行李，一头担着食物。更有家贫者，连铺盖也没有，只有一件穿了多年的烂皮袄，白天当作衣服，夜间当作被子，

"铺前襟,盖后襟,两只脚蜷在袖圪筒。"扁担除挑行李外,还有3个用途:一是对付饿狼和野狗的袭击,二是在露宿搭茅庵时当梁架,三是初冬返家过黄河时冰面冻得不实,横架扁担可防止人掉进冰窟。如果能和拉骆驼的人同行则是天大的幸运,驼队可供水,宿营时可睡在两峰骆驼中间,既暖和又安全。

走西口的人每日约行60—80里路,风餐露宿,走到哪里天黑了便在哪里歇脚,一般是"就水不就店"。走西口途中的住宿叫"打路盘"。因荒漠之中极少有村落,即使有,穷人也住不起店。于是在天黑人乏之后,就地选择一块平坦而又杂草少的地方,稍加清理,将铺盖或皮袄一铺,头枕上自己的鞋子,就算宿营了。这种方式,必须人多,大家结队而行,否则就会成为饿狼的野餐。

走西口的人在途中所带的食物分生熟两种,生的是小米,熟的是糠炒面——用炒熟的黄豆、谷糠磨成面制成。遇到人家,借锅灶煮点小米粥;如果没有人家,饿了就吃点糠炒面,到了有水处用手捧起水喝几口了事。他们编了这样的顺口溜:"吃上糠炒面,喝上爬爬水(冷水),进圪肚里瞎日鬼(指肚疼),管它日鬼不日鬼,担上担出一身水",他们只能用这种干重活出汗的办法来减轻病痛。

走西口,几百公里的路程,对那些生活没有着落的人,是生存的折磨和考验,不管是酷暑严寒,还是日晒雨淋,他们只能咬紧牙关,默默祈祷,艰难前行,在旅途中的重重险境,往往只能听天由命。漫漫西口路,对于穷人来说，就是一把辛酸一把泪。300年过去了，走西口的人到底有多少，谁也不知道，但有一点可以肯定，能够回到家乡光宗耀祖的人一定是少数。那么又有多少人自从踏上走西口这条路就音信皆无、尸骨难收呢？

口外的艰难岁月

走西口是一段历尽艰险、饱含辛酸的悲壮历史。

"在家中,无生计,西口外行,到口外,数不尽,艰难种种:上杭盖,掏根子,自打墓坑;下黄河,拉大船,二鬼抽筋。钻后山,拔麦子,两手流脓;进后套,挖大渠,自带囚墩。在沙梁,锄糜子,腰酸腿疼;高塔梁,放冬羊,冷寒受冻。大青山,背大炭,压断背筋;走后营,拉骆驼,自问充军。翻坝梁,刮怪风,两眼难睁;小川河,耍一水,拔断儿根!东三天,西两天,无处安身;饥一顿,饱一顿,饮食不均。住沙滩,睡冷地,脱鞋当枕;铺芨芨,盖星宿,难耐天明。遇'传

匠人

人',遭瘟病,九死一生;沙蒿塔,碰土匪,险乎送命……"

从这段催人泪下的歌谣里,能听出走西口的人出了西口后所从事的工作,有挖甘草、拉纤、佣工、挖渠、放牧、采矿、拉骆驼,其中之苦,非言语所能表达。

走西口的人群呈现多样性的职业结构特点,但一般来说,以从事农业劳动为主,以从事商业和手工业等为辅，也有一部分人从事采药业或畜牧业。清朝中后期，随着内蒙古工矿业的发展，部分移民开始进入工矿企业成为工人。

清政府在内蒙古推行招垦政策后，一部分流民变成自耕农，有了属于自己的一小块土地。但是这些土地对于数量庞大的移民来说太少了，所以由流民变为有土地的自耕农的希望自是更渺茫，因而他们一般只能选择做佃农或

满面风霜的驼工

运送市料的牛车

成为雇工。出现这种情况，主要是因为口外劳动力缺乏，而移民多只身前往，无依无靠，只能以此谋生。当时，口外的蒙古王公和八旗官丁拥有大片土地，但缺乏劳动力，所以每到农忙时节，他们都需要雇佣这些移民为其耕作或收割。对于移民来说，虽然这种工作并不稳定，在雇主不需要时即被辞去，但口外土地广阔,所需人力甚多,因而他们觉得口外谋生还较为容易,故而不少人慢慢定居下来,在口外扎住脚跟,逐渐不再受雇于人,而是变成佃户租地耕作。

由于进入内蒙古的移民日益增多,清政府开始对此加以控制,所以出现了合法移民与私垦移民两种不同类型的人。合法移民,

半地穴房屋

有合法身份，他们耕作于清政府批准开垦或默许开垦的土地上，这些土地在清末大规模放垦前主要位于内蒙古中西部地区，以土默特、察哈尔为主，此外，部分台站地、马场地等也成为合法移民的耕地。但相对于合法移民而言，未获得清政府准许而自行开垦土地的移民则占大多数，他们在官府眼中成为私垦者。所谓私垦移民也分为不同类型。一种移居内蒙古较早、在内蒙古长期居住，已娶妻生子，有的已经是数代人定居于此，他们多租种蒙古族人的土地，成为佃农，每年定期交地租，并取得了对所租土地的永租权。与此同时，他们通过自行垦荒等方式逐渐获得一部分土地，但他们的身份未获得官府的认可，仍然被视为非法开垦者，因而他们所开垦的土地不可能取得所有权。虽然土地所有权未能得到认可，但不影响他们的生存，他们努力在此劳作，对这片土地产生了浓厚的感情，逐渐融入本地文化。因此，他

深夜赶路的人

们愿意世世代代在此生活下去，故乡也逐渐成为他们遥远的回忆。此类已经本地化的移民主要分布在长城以北沿线的土默特、察哈尔等地，成为当地居民的主体，所以清政府对他们的生产生活活动基本上是默许的。

此外，私垦农民中有部分是候鸟式的垦荒者，他们每年春来秋去，主要来自内蒙古周边的省份，如山西、陕西、河北等，他们不愿举家迁往内蒙古，但迫于生存压力，不得不在每年春天或成群结队或只身来到内蒙古。他们携带简单的农具，租种蒙古族人的土地，秋收后则回到家乡。由于他们进入内蒙古耕作并未得到官府许可，所以也被视为私垦农民。

另外，在未得官府许可的移民中还有一部分人，每到务农时节结伙出口，而稍闲时，仍回家居住，多是山西或河北人。另有一部分是靠近长城居住的农民，他们利用家乡和内蒙古在农业生产季节上的差异，在农闲时到内蒙古做工挣钱以补贴家用，做工完毕后返回家乡料理自家的农作物。

从走西口人群职业构成的数量来看，移民中除了农民外最多的是商人，他们可分为四类。一是行商，主要从事汉蒙贸易和中俄贸易；二是坐商，一般是指在城镇开设店铺的商人，其中大部分是小商人，另有一部分是拥有庞大资金的大商人；三是从事多种经营的商人，他们一般拥有庞大资金，除了在城镇开设商铺，他们还开设手工作坊和账房，有的也从事驼马运输，或开设旅店、仓库等；四是开设票号、钱庄的商人，清朝中后期随着内蒙古地区商业贸易的发展，以山西商人为主，票号、钱庄、当铺等在内蒙古各城镇中普遍兴起，不少晋商在经营金融业的同时也逐渐渗入商业和手工业。清末到民国这段时期，部分旅蒙商通过经营商业获取暴利，逐步转化为专营农业的地商。地商是封建商业高利贷资本与土地相结合，以修渠灌地、收粮顶租、贩卖粮食谋取高额利润的商人。地商的出现与部分商人拥有垄断特权有着直接关系，由于他们得到官府的许可，从事中俄贸易和汉蒙贸易，获取了巨额的商业利润，同时也向蒙古地区各旗王公贵族发放高利贷，由此获取蒙旗的土地经营使用权，或取得兴修水利、灌溉的特权，进而再通过土地转租收取地租获取利润。

商队

随着走西口的发展，有各种手工业者陆续进入内蒙古地区，他们大致可以分为以下几类。第一类是清军的随军匠役，以铁匠和箭匠为主，他们在清前中期随驻防内蒙古的八旗进入，主要是制作、修理兵器，他们长期在军中劳作，其子弟或成为民间工匠；第二类是清前期随公主下嫁蒙古王公而来的"八大匠"；第三类是蒙古王公贵族或活佛为了兴修王公府第、召庙等大型建筑，由于本地工匠不够，故而特地从其他省份招募工匠，特别是木匠、石匠、画匠等技术性较强的工匠，待工程结束，这些工匠有相当一部分

合力夯筑路基

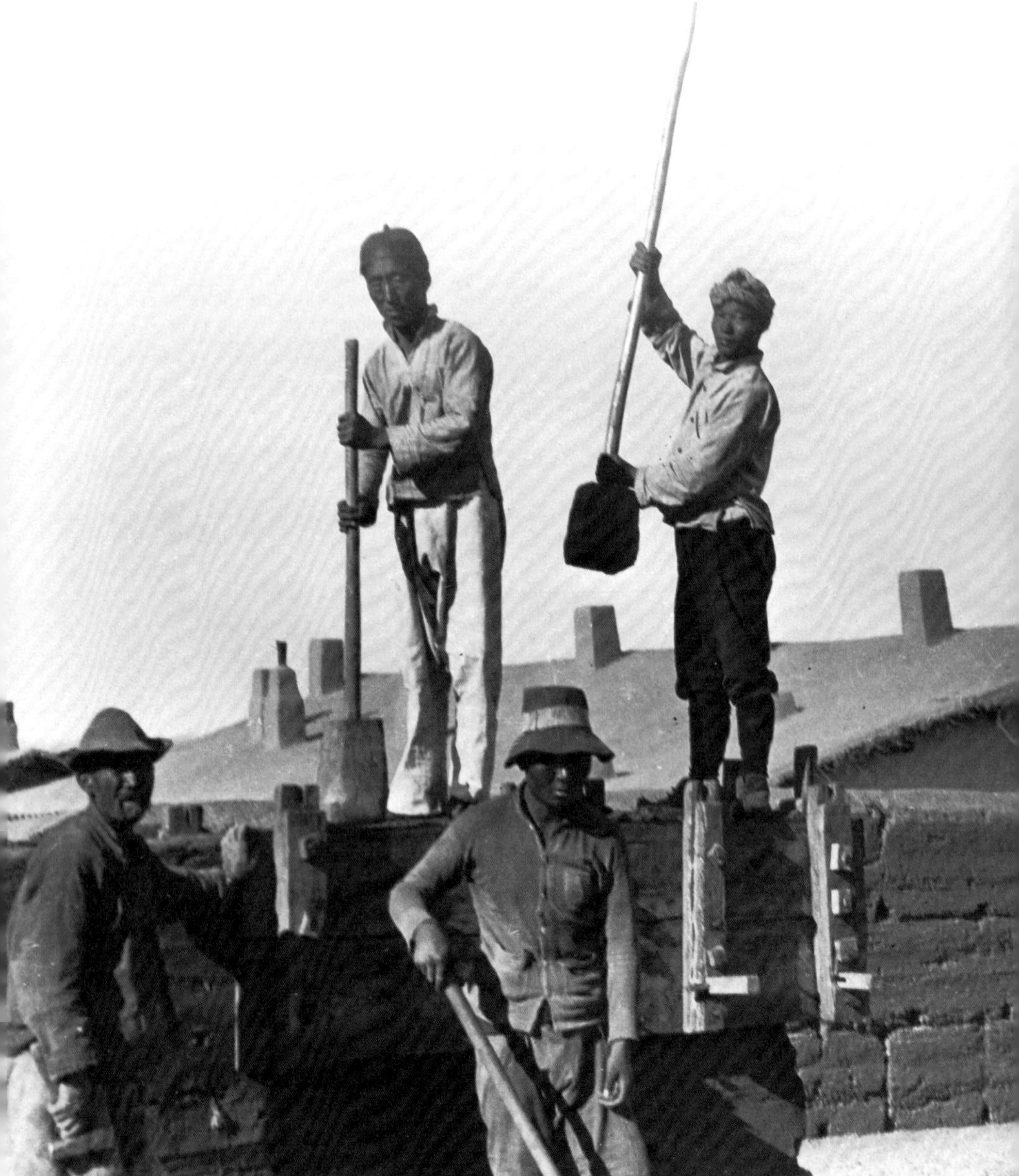

版筑院墙

人因各种原因而留下来，他们的人数从总量上看并不多，但他们拥有高超的技艺，因而往往成为手工业发展的关键因素。还有一部分是失业手工业者来到内蒙古中西部地区，他们以农产品为原料进行加工，如酿酒、制粉、制酱、制醋等，或在农业区给农民制造和修理农具、家具及建造房屋；有的还深入草原，为牧民制造和修理各种用品。大批手工业者进入内蒙古地区后，对内蒙古城镇经济的发展和产业结构的改善起到了重要推动作用。一是使内蒙古地区逐步形成一批手工业产业，如酿酒业、木器制造业等，让原本比较单一的产业结构发生了较大变化；二是由于大量手工业者聚集，推动了内蒙古城镇的发展；三是手工业的发展也带动了农业的发展，生产出许多农业生产所需要的生产工具。

除了丰富的农牧业资源外，内蒙古还拥有丰富的矿产资源。清朝时期，随着移民增

多,进入开采业的人数不断增加,内蒙古地区出现了一些规模较大的工矿。在清朝末年,内蒙古出现了开矿热,为走西口的移民们提供了一种新的谋生选择。

　　内蒙古有着丰富的药材资源,这些资源在移民进入后得到了合理的开发利用。

合力夯筑路基

如内蒙古盛产的甘草、防风、黄芪、赤芍等药材原来只是当地人采用,但移民到来后,他们开始对这些药材进行开采,并贩运到其他省份,因而清嘉庆到咸丰年间,出现了内蒙古西部地区甘草资源开发的第一次高潮。清光绪二十八年(1902年),清政府颁布在内蒙古中西部实施"贻谷放垦"政策,大量走西口者蜂拥而至,进而出现了药材开采的第二次高潮,甘草等药材资源得到充分开发,既解决了移民的就业,也推动了当地经济发展。

还有一部分陕西、山西北部的贫苦民众在进入内蒙古后,因从事农业或其他行业的竞争过大,迫于生计,不得已"与蒙古畜养牲畜"。蒙古族牧民每年对所养牲畜都要进行一次疫病预防,夏季时用碱性之水为牲畜洗涤一次,或在春末夏初将牲畜关闭在室内或地坑内燃药熏之,这种方法牧民们认为颇有效果。"药熏法须有技能,然若熏时过长,能使牲畜闭死,以及何病何药,不得乱投。"由于当地牧民不善此道,多请汉人从事此类工作,这些为蒙古族人的牲畜熏病的移民,也形成一种新的职业人群。

黄河开渠第一人

河套平原不仅湖泊众多、草肥水美、庄稼遍地、牛羊成群，而且水利灌溉渠网发达，它们共同绘就了一幅塞外粮仓的大美之图。其实，河套的水利灌溉渠网要得益于一个人——王同春。

民国时期，王同春开发水利的名声已经名震塞北，当时小学语言课本中还编有《王同春开发河套》一课。

王同春生于1852年，卒于1925年，讳名瞎进财，字浚川，河北邢台人，5岁时，因感染水痘，导致一目失明，后跟随父亲去塞外谋生，成为后套东部地商郭大义手下的一名渠工。19世纪70年代初，郭大义决定

过黄河

对新短辫子渠进行疏浚和改造，王同春看到这是改变自己人生的机会，便借款投资了辫子渠。不到一年时间，新短辫子渠挖成了。王同春获得了大片土地的租赁权和人生的第一桶金，由原来的衣不蔽体、饭不饱肚一跃成为殷实之家。

　　王同春知道，经营水资源离不开土地，他在指挥开挖辫子渠的同时，到处查找没有土地归属的"黑土地"，他可以用少量的资金通过蒙古公王得到这些土地，最终他找到了后套"三不管"（朝廷不管、蒙古王公不管、地方政府不管）的空白地带——隆兴长（在今巴彦淖尔市五原县）。这样，这里3000多亩土地划归到他的名下。有了土地还不行，还得有人力，他又收留了上千名青壮年劳动力，同时又从蒙古王公手中租

临河街头

到了大片耕地。1882年，王同春觉得凭自己的人力、物力可以单独开挖灌渠了，就从郭大义处分离出来。他雄心勃勃，决定从黄河上直接开口，挖一条贯穿后套腹地的大渠。但他知道这么大的工程，几千人甚至上万人吃喝拉撒要地方，后勤保障要跟上，开凿工具要配套。为了解决这些问题，他又花了两个多月的时间寻找立足的"大本营"。机遇往往都是留给有准备的人，当时有个叫"隆兴长"的商号准备盘出去，他按捺不住内心的喜悦，果断买了"隆兴长"，在其旧址上重新建房，迅速盘活资产，搞活经营。那时，他的"隆兴长"商号经营项目达200多种，养殖牧场、南北日杂、酿酒制醋、烧陶炼铁、漕运修造，可以说是应有尽有。不久，他的"隆兴长"商号便积累了雄厚的资本，垄断了后套商品市场。"隆兴长"成了后河套非常繁荣的集镇,后来连五原县治也迁来此处。

王同春熟悉黄河。有一年天旱,黄河水位很低,各渠引不进水,农民们焦急地盼水来。有一天,王同春到黄河岸边巡视,看见黄河水流泛起泡沫,他知道快要涨水了,回来看见农民便说"准备浇地哇,水快回来了"。第二天条条渠道果然水流湍急。这是他善于观察水情,随时随地留心河流的变化,从而积累了丰富的经验使然。

当时,每开挖一条渠道,王同春都要到现场指导。尤其对于建筑渠口、桥梁、涵闸三项技术性强的重要事项更是要求严格,他常对干活的工匠说:"若渠口建筑不固,被黄河水冲毁,水就引不入渠;若闸箱修建不好,则无法调节水量;而桥梁建筑缺乏,就会阻碍交通。"

百姓们都说王同春上识天时,下熟地理,

能预知河水之涨落，相度地势之高低。当时有一首民歌唱道："隆兴长有个'独眼龙'，其名就叫王同春，大家都称他老财主，开渠筑坝是河神。河套由他来开发，五谷丰登享

车夫

太平。若非禹王再重生,哪有这样的好光景。"

有史料记载,从清朝同治到光绪年间,王同春独立投资开渠5条,即刚济渠、丰济渠、灶河渠、沙河渠、义和渠;又与人合伙开渠3条,即通济渠、长济渠、塔布渠。这就是清末后套的"八大干渠"。在此基础上,他还挖通了270多条支渠和无数条小渠。经过修挖和调整,"八大干渠"到民国时期发展成为"十大干渠"。当时河套粮食丰盛,王同春也成为富甲一方、名噪一时的富商大贾。清光绪十七年(1891年),山西、河北、陕西等地大旱,而河套庄稼获得了丰收,各地难民来河套隆兴长的有4万人之多,王同春设粥锅施粥赈济灾民,并组织难民开渠,以工代赈,这次共用赈粮两万多担。此外,他多次放粮赈灾,还运粮到其他省份赈灾。1903年,清政府搞"移民实边",强令王同春将农田、灌渠交给清政府。迫于无奈,他将自己用一生心血所开凿的渠道和所置的田产一并交于清政府。

1913年,革新中国地理学的先驱张相文前往西北地区考察,途中他看到河套地区竟然有如此完善的水利系统，非常兴奋，兴奋之余去见了王同春。王同春对张相文详谈了在河套地区治水的种种经历，张相文认为王同春是当时难得的水利奇才。回到北京后，他立刻把王同春在河套地区治水所取得的成就呈报给了国民政府农商部总长张謇。张謇后来邀请王同春进京，一起商讨开发西北和治理淮河的计划。王同春在北京谈了自己的治水理论，深受张謇的赏识，当即把他聘为国民政府农商部的水利顾问。

后来，王同春返回巴彦淖尔，在途中受到冯玉祥将军邀请，请他讲述有关开发西部的宏大计划。1925年，冯玉祥的部队开进河套地区，修整道路，疏浚水道，开垦荒地。此时已经73岁的王同春协助冯玉祥指导督察水利工程的修建。同年6月，王同春因病从工地回家休养。6月28日，王同春告别人间。

王同春虽然离去，但他以一己之力开出河套千里灌渠的事迹还在传颂，开通灌渠的精神仍在延续。

农牧和合 百业兴旺

移民口外垦荒、修渠与商业贸易的发展促进了内地和边疆的经济和文化交流，加剧了不同文化间的相互碰撞，有利于不同文化相互交流、融合。因此，走西口在明清时也打上了深深的农牧融合的烙印。

在明代，榷关贸易进行得很频繁，特别是隆庆议和之后，在大同、宣府等边镇诸堡开设互市场所，大同右卫即是在此时设马市于杀胡口堡（清康熙年间改为杀虎口），成为往来的重要通道。从隆庆五年（1571年）到万历十五年（1587年），明朝政府先后在长城沿线开设马市13处。在开设官市的同时，民市也发展了起来。因此，长城沿线城镇的发展繁荣离不开长城线上的关市茶马贸易。

　　清朝，旅蒙商深入蒙古地区从事贸易，尽管清政府对旅蒙商入蒙古地区贸易进行了种种严格限制，但因为生意好做，仍吸引着那些甘冒风险的旅蒙商。他们不断冲破清政府的禁律，循着古代中原通往蒙古地区的驿站，由近及远，逐渐深入漠北的喀尔喀、科布多乃至更远的唐努乌梁海，以及西北的古城伊犁等地。为了追逐高额的商业利润，他们不辞辛苦，几乎跑遍了漠南、漠北和西北

驼队

旅蒙商人

地区。他们带着其他省份所生产的粮食、烟茶、布匹、器皿和生产工具，换取蒙古地区所产的牲畜、皮毛等畜产品，以及珍贵的野兽裘皮、金砂、玉石、茸角、麝香和羚角等，再把这些收购品运输至其他省份出售，以获得巨额利润。

清代以前，蒙古地区以畜牧业为主，农业很不发达。蒙旗私招私垦现象的出现吸引了不少到口外谋生的人，但清代蒙旗的招垦

不限于王公贵族，整个蒙旗几乎所有阶层都卷入其中。被招来的人给各蒙古王公带来了来自畜牧业之外的收入。蒙古王公受利益的驱动招纳了更多人来垦荒种植。随着统治逐渐稳定，清政府开始注意口外蒙古地区的农业开垦问题。为此，清政府的口外屯垦政策经历了由严禁汉人出边，到放松边禁再到积极招募汉人开垦的调整过程。

商贩

寻迹西口

穿越沙漠

19世纪末20世纪初,清政府对蒙古地区实行全面放垦政策。

走西口的移民促进了内蒙古地区生产力的发展,汉蒙人民在共同的生产劳动中,通过相互学习,提高了农牧业生产技能。在不断交往中,蒙古族民众从汉族人那里学会了兴修水利、掌握农时、开畦配垄等田间技术,也学会了种植瓜果蔬菜,从而丰富了人民的食品种类。他们在和汉族人民相处中,交流了文化,发展了经济。同样,汉族人也从蒙古族人民那里学会了放牧技术。在汉蒙杂居的地区,蒙古族人民从事农业之后,从游牧改为定居，或变为半定居的生活。

农业的发展对畜牧业起到了一定的调节作用，牧民可以直接用畜产品交换农产品，也得到了饲养牲畜的干草、饲料等。内蒙古地区的经济，在农牧并存和互相促进的情况下有了一定的发展。移民中有一些工匠，他们将先进的手工业技术带进草地，从而使以商品性生产为主的独立手工业得到发展。一些城镇中出现了铁匠、毡匠、皮匠、木匠和泥水匠等工种，多种手工业作坊如雨后春笋般出现。也有一些蒙古族人民开始从事手工业生产。手工业者除制造农牧业生产工具外，还制造了各种日用品、器皿等，修盖庙宇、绘图、塑像等的汉蒙族匠人到处可见。随着农业发展，内蒙古的酿酒烧锅也发展起来，有些蒙古王公、牧主、地主开始经营大的烧锅，利润相当可观。

移民带动了内蒙古地区商业的发展，使其由仅限于通贡、互市的狭窄范围，发展到有大批商人进行贸易，也影响了一部分内蒙古人商业贸易的范围，从满足贵族需要扩大到满足广大人民群众的需要，这是具有重大意义的变化。

同时随着农业、手工业、商业的发展，各种自然资源也得到很大的开发，如鄂尔多斯、阿拉善等产盐碱地区的蒙古族人民从事盐碱手工加工工作。有的人开采木材，远销到东北和华北，换取日用品；有的人从事矿业，开采铅矿、金矿、银矿、煤矿等。

随着经济的不断发展，也催生、发展了许多新的城镇，如归化城、包头、五原、陕坝等。原为蒙古游牧地的归化城，商贩云集，成为塞外明珠。包头原是荒凉之地，山西祁县乔姓商人先在包头西脑包开草料店，后开货栈，再开广盛公商号，继而发展为许多复字商号，以致有"先有复字号，后有包头城"之说。

一个大盛魁 半座归化城

清朝康熙年间,王相卿、张杰和史大学在山西右玉杀虎口建立大盛魁商号,后将总部迁入归化城(今呼和浩特)。大盛魁以放"印票"为主,经营茶叶、牲畜、皮毛、药材、日用百货及票号等业务。大盛魁商号从建立起,经营近300年,直到1929年宣告歇业,是旅蒙商中最著名的商号。

康熙年间,王相卿、张杰、史大学三人在杀虎口驻防军中当厨夫,服杂役,也为部队采买一些日用品,得空时采集蘑菇之类的东西挑到城中出售。因为经常与蒙古族人交易,所以学会了简单的蒙古语,也了解了蒙古族民俗。

在康熙平定噶尔丹叛乱时，王相卿、张杰、史大学三人不辞千万里大漠戈壁行军之苦，随军贸易。他们以山西商人特有的热情服务、买卖公道和诚实守信，让生意十分兴隆。

清军击溃噶尔丹后，主力部队移驻归化城后大青山。但部队供应仍从杀虎口运送，王相卿、张杰、史大学三人便在杀虎口开了商号——吉盛堂。康熙末年改名为"大盛魁"。这就是大盛魁的始创。

同时，清政府在乌里雅苏台、科布多派重兵布防。两地军政人员需要大量的军需和生活物资。为此，大盛魁的总号设在了乌里雅苏台，为驻防的军政人员服务，开展各项经营活动。关于大盛魁的经营范围，有句话可概括之，叫"上至绸缎，下至葱蒜"。也就是说别人买什么大盛魁就卖什么。大约在咸丰年间，大盛魁总号改设在归化城，乌里雅苏台、科布多两地的成为支号。

大盛魁极盛时期，每年的贸易总额达一千万两银以上。归化城市场上的几种重要商品都由大盛魁来做开盘行市，如果大盛魁的货物未运进来，就必须推迟开盘。当时有"大盛魁,半个归化城"之说。有人形容它的资本之大,说用50两重的大元宝铺路,能从库伦(今蒙古国乌兰巴托)一直铺到北京城。

　　大盛魁的买卖主要靠驼运完成。大盛魁把各省特产和小工业产品聚集在一起,运往外蒙古。大盛魁的从业人员最多时曾达六七千人。他们从归化城运输货物到科布多、乌里雅苏台、库伦、恰克图。驼队,一年当中每天都有在商路上走着的。护卫驼队的狗就有1200只。在归化城中,与大盛魁并称的旅蒙商号,还有"元盛德""天义德",人称归化

归绥通道街（1939年）

牵牛碾地的农民

正在劳作的农民

"三大号"。除这"三大号"外,还有中、小旅蒙商号三四十家。

大盛魁将中国南方丝绸、茶叶等商品通过驼队销往科布多、乌里雅苏台等地,还将这里的羊、马匹等赶运至其他省销售,形成了中国塞外贸易独具特色的"京羊道""茶叶之路"等贸易路线。大盛魁还广开票号,从事金融业。

大盛魁商号的股份制是中国商业史上最早实现"二权分离"(经营权与所有权分离)的股份制。大盛魁最早创立了以财股为基础,结合人力股、财股和身股多种形式的股份制。为了稳定从业人员,提高他们的积极性,创始人王相卿借鉴其他商号红利分配方法,在大盛魁内设立人力股份。商号把利润划分为数目不等的若干股份,根据从业人员的入伙年限和工作业绩,每个人可以分得数目不一的股份,成为人力股。持有人力股就进入大盛魁的决策层,有权参与商号的经营决策。一旦退出商号或死亡,人力股自动解除,不像财股那样可以自由转让、继承。大盛魁还有身股制,大掌柜顶一股身股,且享有商号的最高管理权。

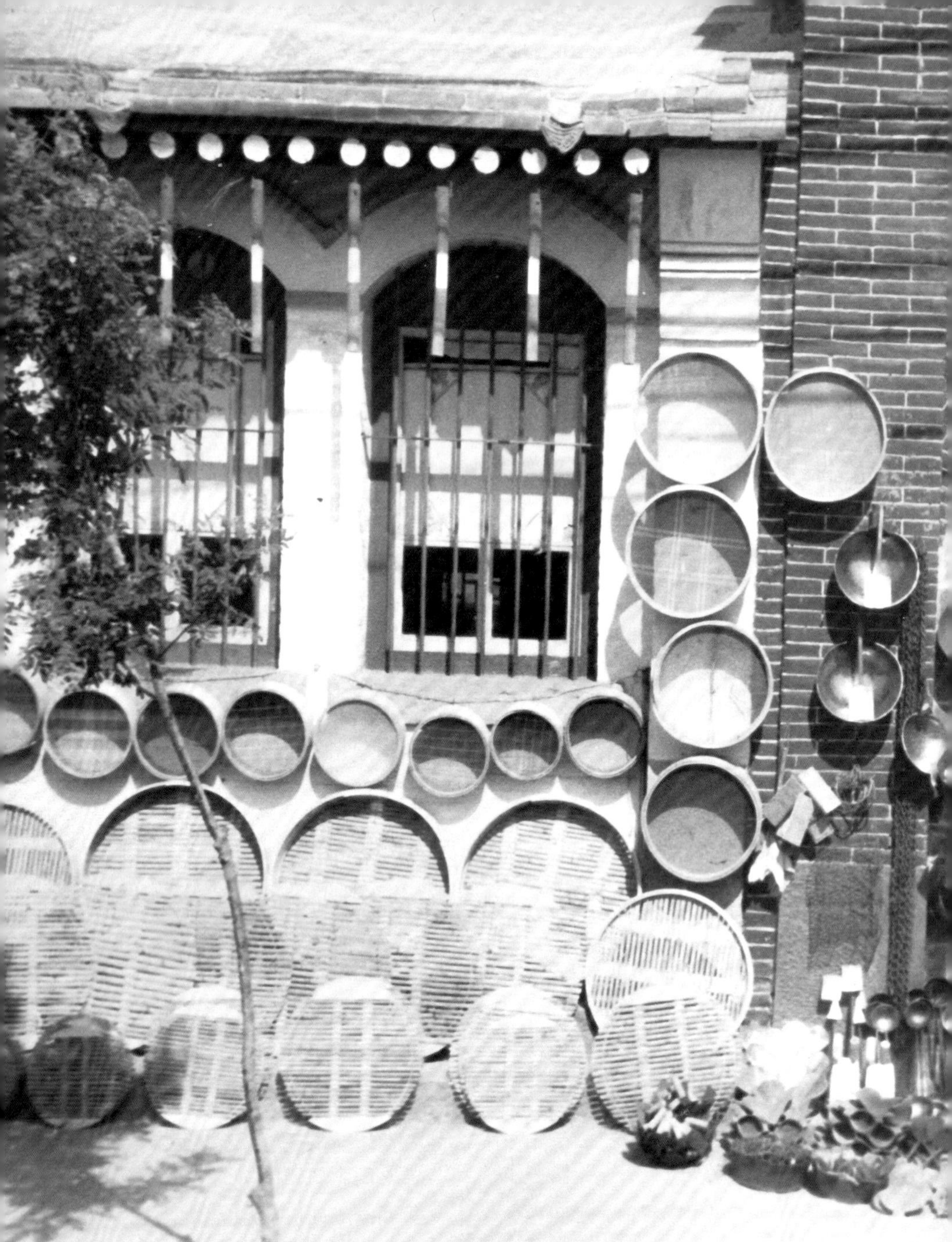

街头卖日用百货的小贩

大盛魁掌柜都是从商号内部学徒中产生，由现任当家的掌柜和财东公议推举。大盛魁财东没有实权，是掌柜负责制，业务大权集中于大掌柜手中。大掌柜不仅有权处理任期内的一切，而且后任掌柜也主要是由前任掌柜安排。这对大盛魁的学徒具有很大的激励作用，激励着他们为成为大掌柜而竭尽全力工作。学徒只要

归绥魁星楼（1941年）

靴子铺

能给大盛魁带来生意,就有机会顶身股,参加红利分配。商号的员工们按其到商号的资历和服务期间对商号经营的贡献大小,分别定为顶一二厘至一股(十厘)的身股。身股份额实行动态调整。大盛魁每个账期都会检查经营得失，整顿号事，评定人员的功过，从而调整人力股数。已经顶有身股的人，根据其功过增加或减少股份，以前没有顶身股但账期内业绩突出的可顶新增股份。

大盛魁建立的商业版图之所以能够经久不衰，与他们以茶叶为依托，紧紧抓住了草原牧民日常生活须臾不可缺少的茶叶，将其推销到整个蒙古高原分不开。蒙古族人饮茶的历史可以上溯到元朝，随着藏传佛教传入草原深处，茶叶成为牧民生活中必不可少的一部分，这种习惯一直保持到如今。

同时，大盛魁对购货、订货的独特办法也是它商业版图发展如此之大的一大原因。凡买大宗货，合价300银两以下的，现银交易，不驳价，表示厚待"相与"。但如果价高货次，则永不再与之共事。大盛魁的这种做法名声在外，

归绥城昭君墓附近的路边茶摊（1941 年）

也就无人敢来骗它。

　　以大盛魁商号为代表的旅蒙商通过规模巨大的对外贸易活动，极大地促进了归化城经济和文化的发展，使城市规模不断扩大，逐渐成为中国对外贸易重镇。

寻迹西口

复盛公与包头

在古代,包头曾是一片"风吹草低见牛羊"的草原,东河区(包头唯一的老城区)水草丰美、林木茂盛、野鹿成群,牧人见状,便挥鞭指称"包克图"(蒙古语),包头即是"包克图"的谐音,意为"有鹿的地方",

商队

因此，包头也称为鹿城。这里北依大青山，南临黄河水，地理环境优越，水陆交通便利。包头最初的居民点在西脑包，它夹在博托河（东河槽）与城塔汗沟（二道沙河）之间，土地肥沃，浇灌便利。后来，走西口的人不断迁徙到博托河两岸，好几户人家在西脑包附近垦荒种地。旅蒙商的驻足和走西口人的聚集，吸引了各路商人纷纷前来，开店设铺，把冷冷清清的西脑包与几个分散的居住点逐渐连成了熙熙攘攘的村落，奠定了老包头的根基。随着人口的不断增长，在清朝乾隆年间设立了博托村。博托村也写为泊头村，直到光绪年间才规范为包头村。

也是在这一年，山西祁县乔家堡乔贵发逃荒走西口至萨拉齐，后至包头西脑包，在草原丝绸之路重要起点的西脑包做草料生意。由于大量驼队、牲畜集聚于此，乔贵发开始发家。清乾隆二十年（1755年），乔贵发与山西清徐县大常村秦肇庆在刚刚形成

包头街头市集

的包头村东街（现包头市东河区东门大街）开设了广盛公，经营货栈。

后来，乔贵发的儿子乔全美子承父业，来到包头经营广盛公。但天有不测风云，某

一年，广盛公亏欠甚多，几乎倒闭，幸亏得到同行支持才得以喘息，后恢复振兴。二人以此为复兴基业的起点，于是将广盛公改称为复盛公。

乔全美有二子，即乔致广、乔致庸，乔致庸即出生于广盛公改复盛公之年。乔致广不幸英年早逝，且没有子嗣。乔致庸，乡人称"亮财主"，青年时曾中秀才，因兄长去世才弃儒经商。乔致庸十分好学，手不释卷，且经商有道，善于筹谋，重信誉，重实效，重人才。他在包头开设了众多商号，赚取了大量银两。乔致庸用这些银两在祁县大兴土木，光大门庭，宅地范围已占到现在"乔家大院"的三分之二。乔致庸拿着在包头赚的钱设票号活跃于全国各大中城市，从而"汇通天下"。他治家严谨，将《朱子治家格言》定为儿孙启蒙的必修课，还亲手订立家规家训。乔致庸活了89岁，历经嘉庆、道光、咸丰、同治、

寻迹西口

货郎

正在交易的商人

驼队

包头城门

光绪五代。

乔致庸在包头原有的复盛公、复盛全两大字号基础上，相继开设复盛西典当铺、复盛西粮店、复盛协钱铺、复盛锦钱铺、复盛兴粮店、复盛和粮店等"复"字号，还以在中堂的名义，在包头开设广顺恒钱铺和法中庸钱铺，创造了包头"复"字号的鼎盛，仅

包头街景

复盛公、复盛全、复盛西三大号在包头街市就有19个门面，四五百职工。包头的商业行会会长，长期由"复"字号掌柜们轮流担任。

　　乔致庸主要从以下几方面打造了复盛公的商业模式。一、联合经营。他把"复"字号钱、当、衣纵向联营，钱庄放贷，还不起可典当，不赎的衣物在衣铺出售。还将"复"字号横向联营，组成德裕永，可以相互融资。

鄂尔多斯沙漠中一景

把各号的盈余和给东家的红利都记在德裕永名下，类似乔家在包头的总经理部。二、经营农业。清朝咸丰年间，乔家在包头建立统一经营管理的复盛园，有300余亩土地，有股东、经理、伙计（农工）。主要目的：一是满足"复"字号蔬菜需要；二是供应市场；三是生产经济作物蓝靛（植物），用蓝靛染毛线，织成的三蓝地毯销往国内外。三、开设票号。清朝同治年间,包头已成为我国西北皮毛集散重镇,乔致庸再次抓住商机,在包头设立了大德兴、大德通、大德恒票号。四、制定店规。乔致庸将包头"复"字号历年形成的规章制度明确成15条,详细规定了账簿规式、经营范围、码头人位等。五、提倡信义。乔致庸的经商理念被"复"字号人员广泛接受。比如,"首重信,次讲义,第三才是利。""人弃我取,薄利广销,维护信誉,不弄虚巧。""和睦乡里,扶危济困。""省下的就是赚下的。"等等。

　　复盛公成功还有一个重要原因——讲诚信。包头地区有句俗语:"睁眼的不如瞎子,现钱不如帖子。"说的就是"复"字号讲信誉,开出的帖子不论何时都能如数兑现。仅以复盛油坊为例,一次店内伙计为谋利,油中掺假,事儿被掌柜发现,立即重新装油发货,守护了信誉。广顺恒有一顶身股的人要出号,结算时当家掌柜有意将元宝、白银打折扣,库存货物亦折扣,使出号人少拿不少银两,乔家股东得知后立即将当家掌柜开除,给出号者补足损失。

　　在20世纪初,新型的银行如中国银行、交通银

购买生活用品的老人

行等入驻包头,俄、英、日、德的外国资本集团纷纷来包头开设洋行,挤压了乔家在包头的旧式钱庄、票号。1925—1926年,直奉战争打响,仅战乱的军饷摊派,乔家就损失了500万两银子,使"复"字号丧失原气,奄奄一息。1937年,日军侵战包头后,乔家的财产被彻底抢夺,1945年"复盛公"倒闭。

乔家"复"字号的发展壮大促使包头的商业日趋繁荣,让包头从一个小村庄逐步发展成为一座城市。清朝嘉庆十四年(1809年)包头村改为包头镇,1926年改为包头县,1937年改为包头市。"先有复盛公,后有包头城",也成为包头本地人挂在嘴边的一句老话,形象地说明复盛公200来年的发展对包头城的影响。

"风搅雪"中的汉蒙融合

"风搅雪"常称白毛旋风,也就是人们常见到的风雪交加。而作为内蒙古中西部地区的一种语言方式的存在,则指在"二人台"、爬山调及其他方言形态中汉语与蒙古语交混使用的语言现象。在相当长一段时间内,"风搅雪"现象在上述语言形态中普遍存在,对内蒙古中西部地区方言俗语的发展、变迁及民族融合等产生过极为重要的影响。

内蒙古中西部地区汉语方言中"风搅雪"现象多在传统"二人台"剧目和曲目中出现。在许多唱词中,吸收了"风搅雪"唱法,汉蒙双语掺杂使用自如,极具地方特色。如曲目《海莲花》,"准格尔达拉王爷旗,准格尔地出了个乌云其。乌云其,生得美,爱你的人儿实多哩。海莲花,乌云其花,莫乃口肯赛白努。"曲词中除涉及许多蒙古语的地名和人名外,每一段唱词结尾,都有一句"海莲花,乌云其花,莫乃口肯赛白努"。这"莫乃口肯赛白努",就是一句纯粹的蒙古语,"莫乃"是"我的"之意,"口肯"是"姑娘"之意,"赛白努"意为问好。这句话的大意是"海莲花一样的乌云其花,我的姑娘你好啊!"在"风搅雪"式"二人台"的代表作《阿拉奔花》中,类似的唱词不仅频繁出现,而且还有交替的汉蒙双语对白。"二人台"牌子曲中的许多曲牌名,如《森吉德玛》《巴音杭盖》《喇嘛苏》《乌苓花》等,至今还保留着蒙古族民歌的称谓,也都是"风搅雪"语言的遗存。

在漫瀚调中，也有"风搅雪"歌词，如："三十三颗荞麦依仁依松达楞太（依仁依松达楞太，蒙古语，意为"九十九道棱"），再好的妹妹忽尼混拜（忽尼混拜，蒙古语，意为"人家的人"）。毛日呀呼奎（蒙古语，意为"马儿不走"）拿鞭鞭打，努呼日依日奎（蒙古语，意为"朋友不来"）捎上一句话。"漫瀚调中蒙古语歌词的使用，往往选用

旅蒙商天德永生药庄

包头南海子禹王庙会

人们熟悉的词语,而且是真正的"风搅雪",一句话中,半句是蒙古语,半句是汉语,可以使对蒙古语或对汉语半通不通的人听了之后可以猜到大概的意思,既增强了趣味性，又便于语言的交流学习。

出生于包头市土默特右旗的蒙古族艺人云双羊，是公认的西路"二人台"的创始人之一。他演出的"二人台"剧目中，多是自己编创的"风搅雪"串话，如《运气赖》中，"走圐圙，到纳太，迷失方向跑得快；赶包头，绕石拐，连夜返回巴拉盖。累得我真苦，没有一点阿木尔泰。黑夜住在毛其赖，又碰见两个忽拉盖。偷了钱，受了害，临走还拿了我一支旱烟袋。你说我的运气赖不赖？"这段串话中的"圐圙""纳太""包头""石拐""巴拉盖""毛其赖"，都是本地的蒙古语地名,"阿木尔泰""忽拉盖"也是蒙古语。这些蒙古语穿插使用在串话中,既合辙押韵,又为听众所熟知,所以这首曲目一直以来在内蒙古中西部人民群众中口口相传。最为著名的是他编创的串话《亲家翁相会》:"玛奈到了塔奈家,黄油

驼队

酪蛋奶子茶。正赶上塔奈经会巴雅尔啦，玛奈的运气多好呀。晌午饭，更排场，玛奈坐在个首席上，塔奈敬酒我紧唱，你看玛奈多喜色。塔奈到了玛奈家，正赶上玛奈不在家。进门碰见个锁疙瘩。对不起，冷淡啦。瞎眼的脑亥还咬塔奈，塔奈抡起杆司大烟袋，狠狠地打了它的讨劳盖。唉，没好好儿款待怨玛奈。"这段串话，叙说了一个汉族人和一个蒙古族人结成亲家以后的交往，其中涉及的蒙古语有玛奈、塔奈、巴雅尔、脑亥、杆司、讨劳盖等，尤为巧妙的是"塔奈抡起杆司大烟袋"一句，同义的杆司和大烟袋并列说出，充分展示了"风搅雪"的特点。

"风搅雪"在这些文艺形式中的运用,极大地消除了当时汉蒙民众之间的语言隔阂,而语言的相通,也促进了民族间的认同,增强了民族间的亲近感,并且使艺术语言具有活泼性和表现力,甚至产生了一种幽默的效果。

　　此外,在内蒙古中西部,众多地名也以"风搅雪"的方式广泛存在着。如台阁木、察素齐、陶思浩等。这些随处可见的蒙古语译音地名,都以汉语标记的方式存在着,形成了本地区地名文化中的鲜明特色。

　　更为有趣的是,在内蒙古中西部地名中,同样意思的地名,既有用蒙古语命名的,也有用汉语命名的,如祝拉沁与画匠营子,蒙圪气与银匠窑子,点力素与芨芨滩,等等,这些都可以视作"风搅雪"的另一种表现形式。

同时,由于"风搅雪"现象的影响,在内蒙古中西部汉语方言中,还存在着大量的蒙古语借词,从而极大地丰富了汉语方言的词汇量,使汉语方言极具特色。在现在内蒙古中西部汉语方言俗语中,还有相当多的蒙古语借词在频繁使用着,甚至到了难以辨别其语种的地步。之所以会加入如此多的蒙古语借词,其根本原因,是汉蒙民族在不断深入交流交往中,语言的交混使用。

口外的家与生活

　　走西口人的大量涌入,把农耕文化带入内蒙古中西部地区,使本地区的汉族村落大量涌现,尤其是商业资本的进入和发展,包头、萨拉齐、归化城等以商业为主的城镇逐渐建立发展起来。大量走西口人的到来,改变了这里的人口结构、经济结构、社会结构,也改变了这里的社会文化状况,极大地促进了经济、文化的交流、融合,从而形成了游牧经济与农耕经济,草原文化与中原文化,蒙古族文化与汉族文化、回族文化等多民族文化,相互之间有机结合、多元交融,具有复合型文化特征的"西口文化"。

　　在经济方面,形成了草原畜牧业与农区

街头卖艺的老人

种植业相结合的格局。随着人口的增加和农业的发展，阴山以南的土默川、察哈尔等地，阴山以北的固阳、武川、四子王旗等地形成了大面积的农耕地区。而生活在这里的蒙古族也有相当一部分逐渐从传统的牧民

使用连枷打高粱的农夫

转变为农民。

在生活习俗方面,走西口来到这里的汉族群众,饮食、衣着、居住等方面均与在家乡时发生了明显改变,带有了一些蒙古族生活习俗的特点。甚至在土默川地区,有一部分向蒙古族租种土地或为牧民家庭耕种的汉族逐渐转变为蒙古族,称为"庄头蒙古"。同时,蒙古族的生活方式也受到汉族的影响,产生了明显的改变。特别是,相当一部分蒙古族逐渐从事农业生产,生活方式也从原来的游牧转变为定居。蒙古族与汉族之间的通婚,加强了这一生活习俗的相互交融与结合。

在语言方面,因为交际的需要,蒙古族开始普遍学习汉

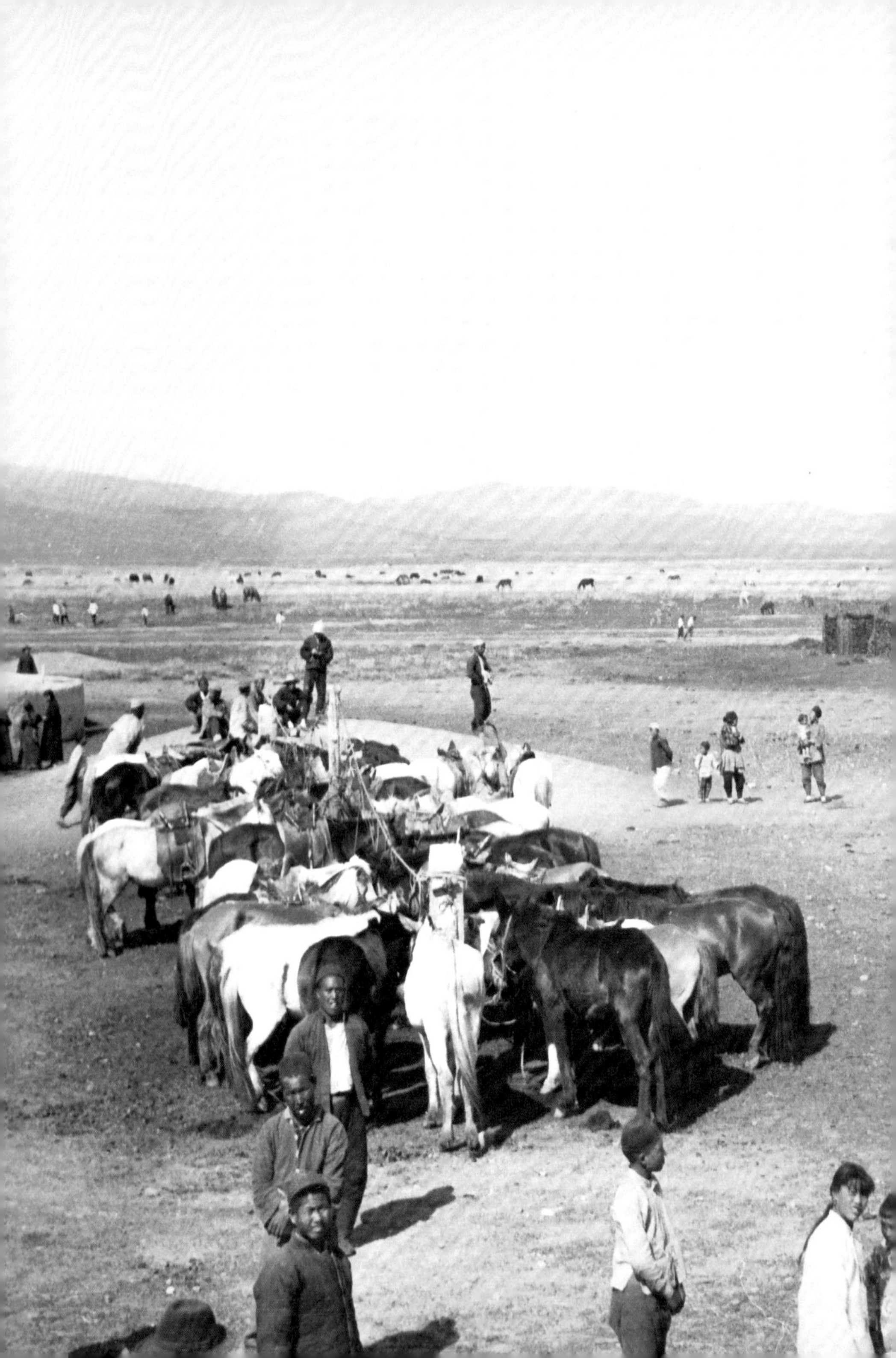

骡马交易市场

语，清政府为此还专门下过禁令。但是这些禁令只能禁止于一时，而且只是限制在文字方面，在日常生活中蒙古族学习汉语和被汉语影响已是大势所趋。

另一方面，正如俗语所言，"走胡地，随胡礼。"山西、陕西等地的人进入蒙古族聚居地区经商、垦殖，必须习蒙古语、谙蒙古族民俗，否则很难立足发展。那些常走草地的旅蒙商，上至掌柜，下到伙计，都有意地学习和使用蒙古语。清代徐珂的《清稗类钞》中讲道："其在蒙古者通蒙语，在满洲者通满语，在俄边者通俄语。每日昏暮，伙友皆手一编，习语言文字，村塾生徒无其勤也。"这个人手一编的蒙古语学习资料，是一种蒙古译语抄本，上边是汉字，下边是蒙古语的汉字注音，分门别类，极为详尽，甚至罗列了许多日常会话。这样的手抄本曾经广泛存在，数百页的麻纸上写得密密麻麻，足见当时晋商学习使用蒙古语的情形。

在清代官修的内蒙古中西部地区志书中，也大量收录"蒙古译语"，比如《绥远全志》中讲道："凡志多有方言一门，不过传其土音、俗语，盖无庸也。

官话通译，可以达四方诏万国。何事于齐登楚谷，南北黄王而效之。绥远所属土默特暨乌、伊两盟，皆系蒙部，而简篇所载，亦多蒙语。况夫山川、村落，概沿蒙旗之旧号，无以译之，将使开卷茫然，致叹于索解之无从。爰择蒙古精通中文之士，逐类翻译。虽未能悉臻全备，亦可得其大略，庶使不习于蒙者，皆因

拉货物的牛车

拾粪的妇女

以娴蒙文、蒙语,而彼蒙人亦得识我国文以视向之第传土音、俗语者,或少有裨助欤。"其后张鼎彝编纂的《绥乘》及民国《临河县志》,都以"同文表"的方式对《绥远全志》所收译语予以收录。

　　文化是以人为载体,主要靠人口的流动来传播和发展。从这一意义上说,移民是人类历史上最重要的活动。内蒙古中西部地区由牧转耕,从游牧文明到农业文明,是一次历史性的社会文化转型。走西口移民

民居

成为这次转型的滥觞。

当然,对于走西口的移民,他们并不知道自己的迁徙活动会使他们的目的地发生社会文化转型。然而,一部民族融合史,一个独特的文化区域正是在雁行客往返长城内外的季节里,在旅蒙商跋涉大漠的驼铃声中,在二人台高亢、优美的曲调声里,开始和形成了。在中国历史上,无论是汉族北上,还是游牧民族南下,他们身负的文化背景,到了不同的文化区域,两种文化相遇,必然经历起起伏伏的碰撞与交融。两种不同文化,长期共处在一个地域,经过起起伏伏的碰撞交融,最终必然走向融合。

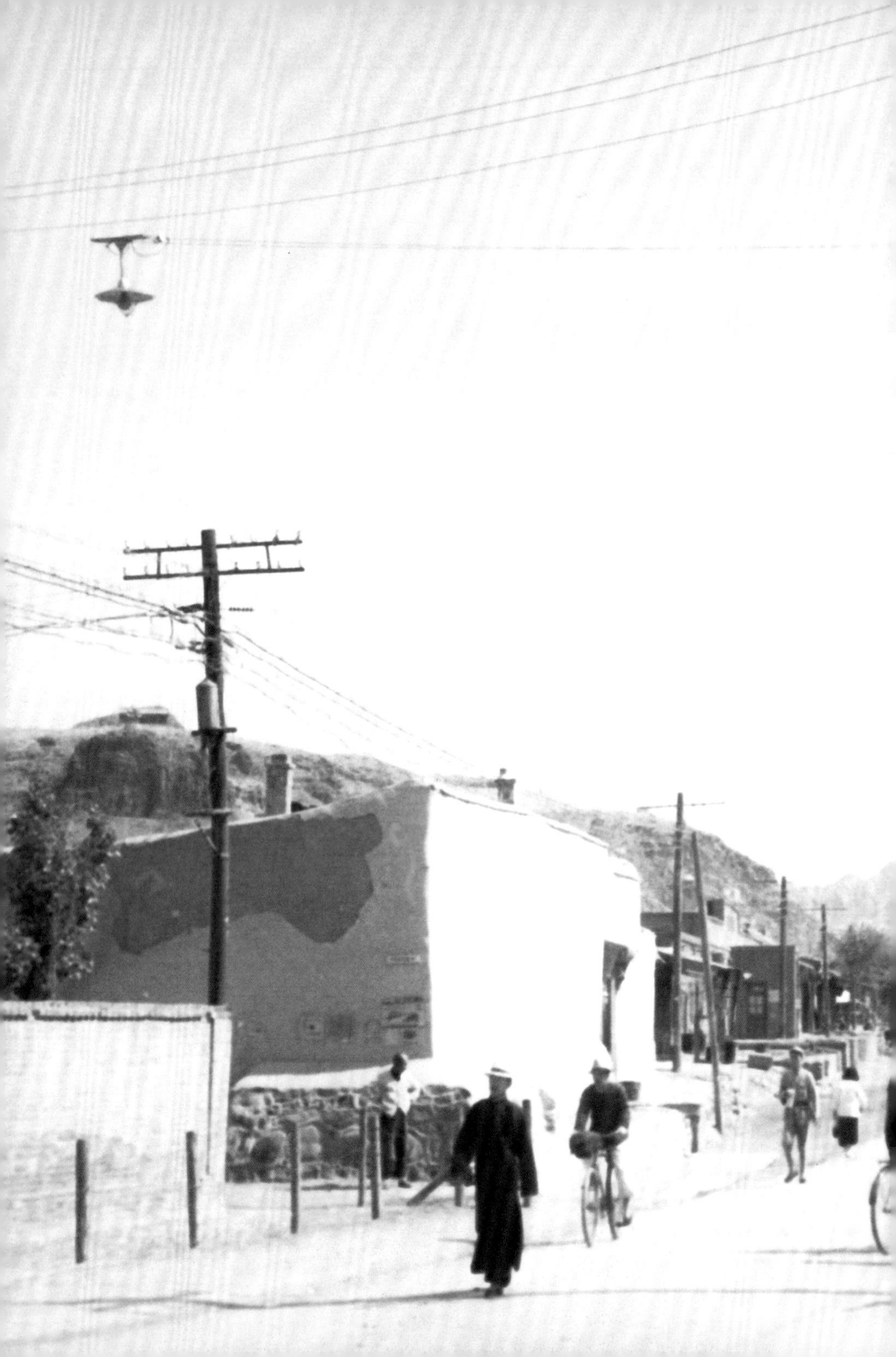

市井百态

结语

走西口广泛、深刻地影响了内蒙古的社会经济、文化、政治、民族关系。那么,在这一历史活动中,参与者形成了什么样的价值观念?支持不同地域、不同出身、不同文化背景的人们共同投身于这一历史潮流的核心精神是什么?西口文化留给我们最宝贵的精神遗产是什么?

从中华先民辟草莱、焚林莽、垦土地、植稼禾,筚路蓝缕,在中华大地播下文明发展的种子,开拓精神就在中华文化中植根,并成为支撑中华文化屡经坎坷、屡衰屡兴,历经数千年、上万年而不中止、不衰亡的精神支柱。特别是每当因自然、社会因素遭遇生存危机时，这种开拓精神往往会迸发出来强大的精神力量，成为创造物质财富和精神财富的强大动力。走西口的人们承受了巨大的苦难，付出了辛勤的汗水，不仅在艰难困苦中坚韧地生存了下来，而且还以劳动所得养活了全家，甚至积累了财富，这就使走西口的开拓之路虽然充满艰难险阻，但也充满了希望，让祖祖辈辈生活在黄土地上的人们义无反顾地加入走西口的行列。正是在这条延续300来年，十几代人前赴后继、不断前行的开拓者之路上，走西口的人们以汗水、血液浇灌大地，以青春、生命不懈拼搏，垦草莱，植稼禾，营村舍，筑城郭，兴贸易，昌手工，发展经济，繁荣文化，创造了闪耀着开拓精神的西口文化。

在中国历史上，曾经有过多次大规模的移民运动，既有从中原地区向周边地区的移民，也有从周边地区向中原地区的移民。这种双向的移民运动，促进了中华文化核心地区与周边地区的文化交流，促进了中华文化的更新与发展，产生了广泛、深刻的历史影响。同时，在当时的社会历史条件下，这种移民运动及其文化交流往往又伴随着尖锐的矛盾冲突，甚至以一种地域文化、民族文化对另一种地域文化、民族文化的排斥、打击、取代为代价的。特别是，来自于不同地区、不同民族、不同文化背景的移民群体与原居住民群体之间，往往因生存方式的不同、经济利益的矛盾、价值观念的相悖、生活习俗的差异等因素，产生尖锐的矛盾冲突，甚至引发激烈的社会动荡，直至演化为大规模的战争。毋庸讳言，走西口的漫长历史进程中也不可避免地存在矛盾冲突——这么多人来到塞外，必然带来新的生存压力；大量农民来到塞外发展农业，必然与原有的畜牧业发生矛盾；价值观念的差异也必然形成矛盾；蒙古族与汉族、回族等民族生活方式、风俗习惯的不同，也不可避免地会产生各种各样的矛

黄河风光

盾。但是，走西口的历史进程中还是形成了团结互助、多元交融的和谐精神，它是西口文化的显著特点。

当走西口人的个体行为汇聚成巨大的群体行为之后，便在客观上形成了超越于个人动机与目的之上的群体目标——创造繁荣。因为，唯有走西口的目的实现，即创造出繁荣的经济、繁荣的文化、繁荣的社会，才能有效地保证个人动机与目的顺利实现。而西口文化的开拓精神与和谐精神，恰恰是创造繁荣必不可少的两大基石。创造繁荣，成为走西口的人们以勤劳和智慧塑造的西口文化的精神支柱。